À toutes celles et ceux qui œuvrent pour donner le goût de la lecture.
G. C.

Merci à Marlaguette et Boucle d'or, Tomtom et Nana, Tintin, aux Trois brigands,
à Jean de la lune, à Crictor, au Géant de Zéralda, aux Bons amis, à Placid et
Muzo, aux Schtroumpfs, Boule et Bill, la vache Amélie, à Fanette qui est mal
lunée, à Max et les maximonstres, Charly et la chocolaterie, à James et la grosse
pêche, merci à Georges Bouillon et sa potion magique, au ver de terre dans
la pomme voiture, aux Monsieurs et aux Madames, à mon lit, au canapé du
salon, à chaperly le camion orange, ma maman, mon papa, ma grande sœur,
sans oublier les toilettes...
M. L. H.

www.glenat.com

Certifié PEFC

Ce produit est issu de
forêts gérées durablement
et de sources contrôlées

PEFC
PEFC/46-31-13   www.pefc.ro

Tu lis où ?

Géraldine Collet   Magali Le Huche

Glénatjeunesse

Lucie lit
dans son lit.

Marius
préfère le bus.

Paul apprend à l'école.

Dédé s'installe
au café.

Noémie dévore les livres en librairie.

Et toi, Lorette ?
Dis-nous !
Sois chouette !

Jacques lit
dans son hamac.

Marek s'endort avec,
à la bibliothèque.

Albin aime lire dans son bain.

Reviens, Lorette !
Ne sois pas bête !

Pablo essaie
toujours
dans le métro.

Pierre, sur les genoux de sa mère.

Léa, sur ceux
de son papa.

Et toi, tu lis où, Lorette ?

Les meilleures
odeurs de fleurs

Aux toilettes !